句集
水入りの小瓶

猪口布子

朔出版

句集　水入りの小瓶　目次

句集　水入りの小瓶

I

呼びとむる我を一瞥恋の猫

白壁の影ゆらぎづめ雪解風

保存樹に戦争の傷鳥雲に
壊されて赤き鉄骨春嵐

卒業や長き廊下をふり返り

耕しの人に鳶の輪をひろげ

耕して年ごと母の福々し

春光や雀跳ねをる藁筵

抱きあげし稚も手をのべ紅枝垂

遠山の白さまぶしき牧開

村ぢゆうに校内放送春の雲

子雀にパン屑やりて求職中

発つものの飛沫《しぶき》を浴びて春の鴨

これがささやかな転身春ショール

郭公やポプラ並木の果て知れず

牛どちのまどろみつづく緑雨かな

靄あぐる雨後の蔵王や花菖蒲

鳥の声遠くにありて草泉

紅花や母は小声にわらべ唄

万緑を梵鐘の音の抜けられず

敗走のごとく旅して雲の峯

雨粒の光を湛へ青田かな

峯雲や昆虫図鑑はなさぬ子

風鈴や窓開けしまま眠る村

天《てん》辺《ぺん》に穴あきしかも揚花火

リヤカーに魚積む媼朝曇

子規庵の庭あちこちに蚊遣香

日盛りの路地に鉄打つ鍛冶師かな

ニューヨーク　二句

天辺《てっぺん》の見えざる摩天楼炎ゆる

対岸のニュージャージーに晩夏光

サーカスのまつ赤なテント夏木立
あすは去る西日の部屋の畳拭く

石屋根の石に息つぎ秋の蝶

流灯の大きく曲り最上川

天守よりとんぼに指を差し出しぬ
満月を逃るるごとく山下りて

火を熾す男の子りりしき芋煮会

啄木鳥や小枝ちらばる茶屋の屋根

子をあやす母のささやき星月夜

艶やかな箪笥階段柿日和

黄落や背に頬つけて二人乗り

銀杏散る中を神父に見送られ

ころがして洗ふ大樽小春風

恍惚と日溜りにありり冬の蜂

幸呼ぶてふ人形買ひて初しぐれ

岩山の院それぞれに冬囲

大根干し村の重たくなりにけり

熊出でしその夜の闇の深かりし

湯豆腐やめつきり酒量へりし父

数へ日の街に托鉢僧の経

道を消し田畑を消して雪やまず
雪掘つて土掘つて出す菜つ葉かな

雪しまく最上階のレストラン

海鳥に餌奪はれて鴨の群

狛犬の雪に目隠しされてゐる
打ち明けしあとの沈黙虎落笛

風花や聖堂ふたつつなぐ橋

冬うらら顔寄せ合つて眠る犬

寒暁やあの窓やはり灯りゐて

大寒や屋根に鴉の足の音

みそ・菜つ葉背負つてゆけり頬被

II

茶簞笥に手を入れ春の寒さかな

割烹着似合ふ齢や梅二月

ときをりは厩揺さぶり木の芽風
耕せる土より飛べるものあまた

窓際のフラスコ・ビーカー鳥雲に

頬杖のままに居眠り春炬燵

風光る手話の手と手の踊りづめ

酒・料理すべてまかせて春灯

東京に灯のぎつしりと春愁

蝶々やしづまりかへる無縁坂

苗木売ひとつ売れては並べ替へ

闇米を売りし餅屋の蓬餅

草餅や遺影にいつも詫ぶること

花ぐもり聖橋にて人を待ち

己が身を抱くがごとく春の鴨

履歴書の履歴の多さヒヤシンス

このビルに恐らくひとり春の星

筒鳥や源流ほそき最上川

母の日や母と一菜づつ作り
お返しと僧筍を掘つてくれ

立ち漕ぎに登りきる坂更衣

麦秋や涙やがては潤ひに

禅寺の外付け厠五月闇

メールでは大胆な人さくらんぼ

ブラインド下ろす図書館蟬の声

漱石の墓前にかがむ白日傘

客はまづ蔵王を称へ夏料理

将来を強気に語り冷し酒

夜の風に酢の香のまじり心太

花嫁の涙大粒仏桑花

はたた神山から山を駈けゐたり

言葉なく拒否の横顔白扇

近道と信じ野をゆく草いきれ

七夕や夜ごとみやげのありし頃

天井にとどく古本秋暑し

ピストルの音麓まで運動会

わが居間を鬼やんま飛ぶよき日かな

荷を解けばおかずいろいろいわし雲

秋簾女工うごめく町工場

対岸のオフィス丸見え秋日和

稜線にやさしき日差し障子貼る

父母は半裸になつて茸煮る

リフトより吸ひ込まれさう紅葉山

秋深し膝を抱へて手長猿

煙突の煉瓦の煤け雁渡る

僧と犬坊へ下りゆく秋の暮

芋坂の上は霊園小春空

短日や根岸・日暮里跨線橋

新入りは見向きもされず鴨の群

木枯の百丈岩へ体当り

野良猫の気配に覚めて霜夜かな

月山も蔵王も真白冬日和

鷹匠の腕《かひな》に鷹を乗せて酒

あざやかな爪痕走る冬木かな

うつすらと雪積りをり浮寝鴨

悪筆のままの友がき年賀状

餅花の枝垂れの下に酒をくみ

冬ぬくし孔雀来てゐるサイの檻

拾ひたる孔雀の羽根を冬帽に

炭団《たどん》坂《ざか》・菊坂・伊勢屋寒雀

大寒や廊下の隅の野菜箱

毛糸帽被りて母の厨ごと

門開けたるままの工場寒の月

吹雪の夜明けてまぶしき麓村

丹頂の出湯に癒す脛《はぎ》の傷

III

早春や鳥掠め飛ぶ最上川

木の卓の長き罅割れ冴返る

ピザ窯の火影のゆらぎ春の雪

竹垣の影くっきりと梅見茶屋

きさらぎや菓子の桃色・萌黄色

大切なことは文にて春告鳥

学校のチャイム夜も鳴る朧かな

さへづりや頬に皺もつ布袋像

さへづりの波打つごとし峡の空

まなうらに蕨うかびて眠られず

声ときに風に消されて初蛙

横向いて銭勘定や苗売女

マネキンの胸のあらはや春愁

鍋持つて豆腐を買ひに朝桜

夏立つや「希望」とペンの試し書き

糸ほどの梢つかみてゐる眼白

風薫る欅の抱くカフェテラス

薫風や蔵四棟の美術館

葉桜や堂に賽銭箱もなく

立ち入れぬ岩《いは》秀《ほ》に御堂青嵐

小枝もて地に絵を描く子麦の秋

学食へ友と小走り更衣

青嵐ひとりになれば涙出て
ペンションの鍵の開く音明易し

月山を渡る法螺の音夏の霧

炉框の減りたる四辺梅雨深し

家々の積木めきたる青田村

風鈴の駅に一両電車着き

ラムネ飲む店主すすめる樹の下で

一枚の地図ぼろぼろに夕焼かな

星涼し花舗にしまはぬものあまた

開け放つ無人の社務所蟬しぐれ

ハードロックカフェを出でたり日の盛

ニューオーリンズ　四句

三伏のディープサウスに着きにけり

ジャズの音の絶えぬミシシッピ川涼し

ピンク・ブルー・グリーンの館夏木立

青き目のやうに描かれて夏の果

かなかなや寺に十字架・起請文

得しものはみな与へたり生身魂

赤蜻蛉とまる姉さん被りかな

草原に坐して色なき風の中

草原の馬と頬ずり風の秋

名画座のロビーのふたり秋の宵

長き夜や眠る支度の香を焚き

濡縁に鍬のおかれて菊日和

吊籠の駄菓子のかろさ秋の風

充血の眼を洗ひ鵙日和

朝の日に色定まらず薄紅葉

七輪で線香を焚き菊供養

お水《みづ》舎《や》の作法どほりに菊供養

気に入りの猪口は古伊万里走り蕎麦

母置いてめざす頂鳥渡る

胡桃割り何か暴きし思ひかな

立冬や徽章をつけて行く仕事

ガラス窓叩き今川焼を買ふ

小春日や悲鳴のあがる花やしき

木の洞に子どもがふたり小六月

橋脚に斜めの冬日最上川

しぐるるや極彩色の伊達家廟

坂下にのこる朝靄冬木立

手袋の革に十指のなじまざる

五重塔灯り羽子板市灯る

数珠持てるままに羽子板市の中

母と子を囲みて手締め羽子板市

冬晴やキリンは首で子を抱き

教会の窓ごとの闇枯木星

初日さすスカイツリーの腹赤く

射られたるごとくに名乗り初句会

寒暁や灯して電車橋渡り

明けくれば橋はみづいろ都鳥

セーターを吊しシングルルーム出づ

水洟や立喰蕎麦の汁からき

襟巻のままに旅信を書く茶房
悴んで鍵つ子かぎを開けあぐね

鍵つ子におやつ一皿置く炬燵

みぞるるや薄墨色の最上川

高台の家孤城めく寒の月

人形の髪の漆黒冬館

日脚伸ぶ老舗ばかりの商店街

IV

恋猫のミルク飲み干し喉鳴らし

田を渡る蔵王颪や茂吉の忌

書留で送る香典鳥雲に

星出づるころに宿りて春暖炉

対岸に丘陵の町風光る

持ち歩く写真一枚あたたかし

春雷やガラス張りなる中二階

月山の白くけぶれる彼岸かな

永き日や車の中の犬吠えて

村人の駅をきりもり山笑ふ

うららかや羊にパンを取られもし

牧開き牛引つ張られ尻押され

若草の中に子牛の跳ねやまず

楤の芽を揚げ祝日の昼餉かな

横町の奥行深し養花天

騎馬像の兜に剣に雀の子

春昼や紅茶に眼鏡くもらせて

体温を測るに五秒若葉寒

牡丹の香ゆらして風のいくたびも
さくらんぼ醜名めきたる名をもちて

ご褒美はさくらんばうの首飾り

子鳥の三角屋根によろめけり

せせらぎに被さる草や夏花摘

山腹の鳥居を拝し舟遊

隼てふ難所で返す舟遊

外に出て猫に鳴かるる旱星

夜涼みのふたりで押して乳母車
供ふるに少したためらひグラジオラス

側溝に鴉とびこむ日の盛

遠花火父のゐぬ夜はすぐ泣く子

対岸の全戸灯を消し揚花火

水差しにミントを浮かべ夜の秋

いたはりの言葉と桃を頂きぬ

雨を呼ぶ風に匂ひて秋簾

駄菓子屋に猫の定位置秋うらら

象の耳はためきどほし秋日和

冷やかや廊下に我をさがす父

空澄むやトランペットの音吸うて

父永眠　四句

弔問のごとく猫来て秋の暮

秋真昼人払ひする納棺師

縁側を棺出てゆく虫の秋

銀杏散る死者宛のものけふもまた

指先のまだ匂ひけり菊膾

山家へと藁をもらひに暮の秋

馬の嘶く農業高校小六月

ストーブの前に白花豆の笊

真つ赤より淡きがうまし冬林檎

冬林檎母と話せば憂さはるる

冬ざれや茶屋よりつよき醤油の香

住みゐるは世捨て人かも冬山家

カフェの灯の路地を照らして冬の雨

冬山や無言でありし父の夢

初雪と遺影に向かひ伝へたる
五千円財布に遺し冬あたたか

冬の暮灯の輪となりて観覧車

冬銀河二段ベッドに姉弟

丘の上《へ》の城いや白く初御空

雨樋に並んでゐたる寒雀

おぶはれて絵馬を高きに寒日和

茶房への狭き階段冬深し

水仙のそよぎて風を浄らかに

V

ドリッパーにコーヒー膨れあたたかし

春疾風二階を持つていかれさう

初めての道を辿れば風光る

波にのる鷗の鳴かぬ彼岸かな

苗札をすこし傾け雨あがる

椀の蓋とれば金色春愁

振り向けば初蝶のゐるまぶしさよ

街灯に疲れいささか白躑躅

一対のままに流れて春の鴨

椅子に乗り遺影を拭きぬ若葉寒

驚くがごとく啼きそめ閑古鳥

青梅雨や茂吉の墓の小ぶりなる

群羊の川を渡るや夏嵐

宿のまだ決まつてをらず合歓の花

夏花摘ゆふべの雨に指濡らし

籠背負ひ媪の下り来山法師

稜線に出て雪渓の風を受け
懐かしき友のごとしや百日草

水入りの小瓶を持つて夏花摘

合掌に夏花はさみて地に坐する

湾の星涼しき回転レストラン

ペチュニアにかしづくごとく花殻摘む

朝顔やそろそろラジオ英会話
あすのため朝顔絞り凝らしをり

覆はれて工場解体秋暑し

山霧やコーヒーの香の流れきて

向きあへば頭を傾げたる赤蜻蛉

トラックの荷台に犬や蕎麦の花

朝顔の大輪雨に破れしも

色褪せし花にもしばし秋の蝶

秋蝶のきのふと同じ方へ去り

口伝にて煮もの干しもの秋彼岸

角曲りふいの暗さや葡萄の香

日を浴びる亀の目ぐるり秋うらら

坂道につづく階段秋遍路

鶺鴒の雲を叩きて水溜り

急性硬膜下血腫のため入院　三句

妹のやうな看護師秋ともし

秋の夜のスマートフォンに句を預け

コーヒーは九日ぶりや秋深し

山よりも紅く館の蔦もみぢ

ベル振つてウェイターを呼ぶ宵の秋

風除や日の差せば沖輝きて

冬の蝶土の匂ひを嗅ぐごとく

格子戸のよき音たてて一葉忌

冬林檎客に出すとき産地言ひ

笹鳴や縁切寺の小さき門

冬灯闇市めけるアーケード

暖房や人恋しさに来たるカフェ

寄付をする余力なけれど冬薔薇

冬の夜や母の代りに書く手紙

木の下に鉢植移す冬至かな

牛小屋の残されてゐる枯野かな

亡き父の友よりもらふ年賀状

新幹線助走の木立旅始

初句会こころの種火熾しけり

橋渡りフランス山へ冬うらら

冬鴉フランス山に潜みをり

海を見るための窓あり冬館

教会の広場に市や冬青空

三軒に中庭ひとつ日向ぼこ

納豆汁母より継げることわづか

竜の玉己れ誉めたき日もありて

あとがき

俳句を始めてから昨年まで、自分が句集を出すなどまったく考えていませんでした。時の流れの中で、思いがけない展開を楽しんでいます。平成十五年から令和五年半ばまでの作品より三二八句を自選し、初めての句集『水入りの小瓶』を編みました。タイトルは、収録句〈水入りの小瓶を持つて夏花摘〉によります。小瓶に水を入れて持って行くのは、野に摘む花が萎れないように仮に入れるため。大事なのは花ですが、手に持った「水入りの小瓶」も道連れのようで、愛おしく感じられてくるのです。

三十代のときに心の病を得ました。今は癒えています。癒えた私は、自分を慰労するために自分に何か贈りものをしたくなったのです。六十歳という節目の年齢が近づいていたので、その祝いも兼ねて。「最良の贈りものは自分の句集を出すこと」と、すぐに考えが固まりました。

二十年間の俳句をまとめて見直す過程で、気付いた事があります——。失敗と無駄ばかりで生産性は低く、まったく救いようがないと思っていた歳月には、実は、ささやかだけれども、今なおその時の楽しさ・喜び・驚きが甦るような体験が、無数にちりばめられていたのです。『水入りの小瓶』を編んだことにより、私の過去の色彩は変わりました。

選句・配列においては、前述のような思いに左右されることなく、感傷に陥ることなく、自分の俳句を作品として評価することに努めました。完成した『水入りの小瓶』がどのような句集になっているのか、読者に何を差し出すことができるのか——、心許なく感じています。

こうして句集を上梓できるのも、鷹羽狩行先生と片山由美子先生のご指導のお陰です。御恩をかみしめつつ、本集を編みました。また、由美子先生からは、帯文を賜り、刊行まで滞りなく進むようにご配慮も頂きました。

日頃より共に学び、励まし、ご教示下さる多くの句友がいます。朔出版・鈴木忍様には、豊かな経験に基づき、私の立場に立ってサポートして頂きました。

皆様に心よりお礼申し上げます。

令和五年十一月　初雪の日に

猪口布子

著者略歴

猪口布子（いのくち　のぶこ）　本名　伸子

昭和38年　山形県山形市生まれ
平成15年　「狩」入会、鷹羽狩行に師事
平成28年　「狩」同人
平成31年　「狩」終刊に伴い、「香雨」創刊に同人参加
　　　　　片山由美子に師事

現在　「香雨」同人、俳人協会会員

句集　水《みず》入《い》りの小瓶《こびん》

2024年5月1日　初版発行

著　者　　猪口布子

発行者　　鈴木　忍

発行所　　株式会社 朔《さく》出版
〒173-0021　東京都板橋区弥生町49-12-501
電話　03-5926-4386　　振替　00140-0-673315
https://saku-pub.com　　E-mail　info@saku-pub.com
装　丁　　奥村靫正・星野絢香／TSTJ
印刷製本　中央精版印刷株式会社

ISBN978-4-911090-07-7　C0092　￥2400E